意外

文风/著

北方联合出版传媒（集团）股份有限公司
春 风 文 艺 出 版 社
· 沈阳 ·

图书在版编目（CIP）数据

意外 / 文风著. —沈阳：春风文艺出版社，
2019.6（2021.1重印）

ISBN 978 - 7 - 5313 - 5601 - 1

Ⅰ.①意… Ⅱ.①文… Ⅲ.①诗集—中国—当代
Ⅳ.①I227

中国版本图书馆CIP数据核字（2019）第093450号

北方联合出版传媒（集团）股份有限公司
春风文艺出版社出版发行
http://www.chunfengwenyi.com
沈阳市和平区十一纬路25号　邮编：110003
永清县晔盛亚胶印有限公司印刷

责任编辑：韩　喆		**责任校对：于文慧**
装帧设计：季　阳		**幅面尺寸：130mm × 184mm**
字　　数：100千字		**印　　张：5**
版　　次：2019年6月第1版		**印　　次：2021年1月第2次**
书　　号：ISBN 978-7-5313-5601-1		
定　　价：55.90元		

版权专有　侵权必究　举报电话：024-23284393
如有质量问题，请拨打电话：024-23284384

目录

让我遇见你

Shi Jian

2017

不是每一次重新定义都会逐渐暗去
从裂缝里抽出身体
为和另一端的孩子告个别
抬眼笑 陪星空里的湖水下棋
站在月亮身边吃奶酪

坐在码头的谎言
今天的梦话叫回家
旧钥匙 旧锁头
遇见的红豆与我无关
指南针外 更远的坐标

暖色光 和想你的夜隔绝
体会玻璃里的船长
随手摆弄出的音乐 无题
最冷的白头发 面目全非的警钟
依旧是英文的小说 诗集 星座书
探索自己的废墟

也许是比我更远的加济阿巴德

下一站 唱给你 守护
听不见的歌谣

一月 · 在天涯

我不愿再演绎旁观者的角色
放任湿漉漉的心在永恒间流浪
环顾
温柔的发丝竟那么长

眼神是痛苦，是幸福
多巧，多好
是你的名字
而今又要走了

别急，一个人
定会梦见的
爱，愿你的橄榄枝多些雨露
愿你的风划过水面与天空
愿你保留芬芳的肉体
漫步深深的地下

好了，回故乡了，再会

给张大爷

1953—2017.8.27

沿着豆腐坊
掺杂着血迹的灰
嗅到了
你的乡梦

隔着马路牙子的花开得好呢
别让手臂掺杂着豆腐渣
领略 发芽
爱恋在异乡
收不住的泪水
加速苍老了一生

白酒 啊
"她老拦着我"
化成苦水
饮尽了全天下的乡愁

我才知道为什么会下雨
再活一遍
把手搭上你的肩

文风·浔阳夜

从笔墨中蘸出一段旧纹
与我回忆里的细雪打转
那些我从未缺席的碎梦
顺着烟火 顺着酒香 牵起人间的尘埃

烟云渐远 透过夜雨的身影渐低
旅人拾起湖畔的木笛
望向静寂 望向这破碎的野潭
那些关于故国故乡的梦
被雾淋或是此时的野枝唤醒
有客至此 可我只剩下稀释过的露酒
（也许有些时候 换成一杯清茶足矣）

我向某次月夜献出了所有的长空万里
导致了某人 毕其一生
苇那双铁蹄
旅人闭上双眼
望见灯火通明里的娘惹笑
和琴声里失眠的筱屋
（那些反复出现的梦境都是语气陌生的故乡和无法瓦解
的乡愁）
云鬓如霜
哪里都可以是曾经
（明知可在梦中问候 我又何必归来）

旅人饮下阴阳里的苦荞茶

落英般的语言
霜冻着的江河湖海
和船一起走吧
旅人拂下柏松上的夜雨
先我一步
远赴下一个耳畔虫鸣的时间

旅人静坐船头
不论诗歌 不论沧海 瞑闻千山之外的沉吟
（烽火连城 城与城之间的归尘要如何埋葬）

人间哪里有什么前世隔世

对于你 对于这雨声
只盼岁月不成诗

徘徊在你不远的周围
听心跳的回声

回忆家

灵感来源：《回乡偶书》《十五从军征》

我的门未关
我的时光虚掩着

门外
有温度的你和她
带走了我所想呼吸的
全部浪花

想念一个人 穿越一阵风
在迷失的灯火中
成为彼此的渡者

二月 · 起风时

谁在用一阵风造梦
成片，成片的彩灯
一篇诗歌
埋葬的灵魂属于爱情的启蒙

古色古香的年华褪去
暮色里
只是挣脱了幻影的路人
暗淡，黯淡

别急！我们所经历的无奈
都会化作樱花树下的期待
或是玉海边的笃爱
聆听永恒与天籁

嘿
你在哪儿
想你了

王 司 徒

就跟着它的时间行走吧
显得安静 显得空旷
它偶尔仰起头
却不问时间的尽头
不问岁月的轮回
不屑问日月星辰的定数
它就要粮食
否则 就溅点水花

那些溅出的水中我听不到的声音
是它在问我吧
我是不是它的新客
还是下一个被它送走的亲人
哦 都不是
它就要粮食
否则 就溅点水花

我在微风里
观看时间的距离
它是其中一个意象
我可以对它感叹我的老村
感叹柴门里的犬吠
感叹竹林里的笛声
感叹落日里的蝉鸣
它不把这当一码事
它就要粮食
否则 就溅点水花

我对它发脾气
咒它看不见晚年的渡口
它听不烦
它不知那会是哪一天
它就要粮食
否则 就溅点水花

是我耗不过它

所以
我还得继续
继续享受它溅出的水
享受和某人的距离
以我持续光滑的笔

余 风

如是摆着两盏茶杯
一杯空的 一杯凉

风吹过麦场
带走了谁手中还紧攥的霓裳

清 酒
——给我记忆里的纽约唐人街

比一条旧街道更容易忘记的
是寻找你的方向
我只记得住 你经营的那间酒肆
叫时间 那里的酒 免费
且挣杂着不同时光里的泪珠
（我曾沿着熟悉的视线闯入你的怀抱）

像接受了不知名的洗礼
我把多余的喧嚣关在了门外
夜晚也就无权进入
趁没人来偷听
独享这属于古典乐的酒肆
回忆我记忆里的对岸和秘密的诗歌

我举着一盏灯
纪念我所见过的那些无缘无故推着我前进的不可能
点燃洛阳城里的秋莲
敬武陵人没见过的和风
（蛛网下的灰尘可以用来下酒）
想象假装喝醉 便有权力鸣咽这飞离河岸的麻雀
回忆草庐上的孤雪和半透明的故乡

直到门外的风停止吹动
秀才的毛笔已经没有更多的墨水
那些偏离航道打在黎明与黄昏之间的露珠开始看向我
向我行脱帽礼

或许 有些执着 真的只是徒劳

酒肆门前的火焰把我带回了人间
在这个属于西洋乐的街道上
那些随清酒逐渐混浊的记忆
时而走向我
时而远去

——写于台风"山竹"之后

云海的云渐行渐远
想见的人却一定能够遇见

三月·花蕊心

让雨水回归天空吧
或是再一次
落在
异乡人紧闭的双眼

我走得很慢 很慢
为与蘸满墨水的春风
相见如初
记住阁楼、草木、花朵
曾是石头

一个世纪好长
愿望 守护
这入梦的城市
无数次路过的山坡
与你

爱一个人到痴迷
然后
让时间 世界
崩溃

空 白 处

有一天　我们躺下
挖点淤泥
掺杂着蝉鸣与惊雷

前 海

过了西城 四周都是凉酒
我们把叶子铺在湿漉的东岸
去牵潮水与内心之间的回忆
背着光线 谎称这是赤裸裸的圆满
水做的嫁衣 水做的乐器 水做的房门
你可别因此变得太灵敏 反正回忆嚼不碎骨头

我的密友恋上了月色
所以我选择与生米同居
幻觉穿过惊慌的大脑 尝试开启对话
向我展现这些安稳的鼻息吧
可他们一直沉默不语 也许是港湾欠他们一个艳遇 还是
热水里的倒影欠他们一个豆大的光斑
那是来自过多的审美所创造的夜晚

我尝试着观赏
这晴天与阴天离合的路上
不同的语言追逐着风筝远行
反光的脚步 闪摆的眼神
断截的声音拖住了水手的轮廓
我以不存在的凉酒敬给他
可他手掌紧握着空香水瓶
瓶子里的灵魂却不懂得欣赏

然后竟才轮到你 我要为此向你要些安慰
你却回复我轻盈的雨声 还都打进了海湾
你要向我要些断章
我便燃烧了一些椰子 赠给你

你这才同意指给我　某个教堂

前海的子时没有什么可以回馈与安息的

这时候　如此自然
拽一拽身边的马尾
啊
想回家

我的时间都与你有关
all about you

就像时间和单位可以遇见光
我们同样可以做出改变
为自己发光

四月·棉花糖

第四幅书画
应是藏在珊瑚里的年华
隐藏着生和死
我长久地注视着四月
有人在给他们添加注释
他们的影子
来往的花束
放大的瞳仁

多好，这世界
多好，这季节
以为自己比一片羽毛多情
相识的火焰　句勒出的身影
和蝉鸣

近一些
再近一些
从某一个瞬间
体温中流淌着河流
是爱情的形状于清晨吗
是我心甘情愿

走吧
化作晨鸟
再来人间

意 外
——送给某个瞬间某个方向的你

如果某日 我的灵魂
得以挣脱我的图腾
于是 废弃的纸张跟着雨水一起
被唾弃 靠近某个边缘 逆着光
遥望微光下 青铜色的马道 奔驰于停滞的诗篇

转向风雨 我是风景区里有梦的人
想面对 彼此的思量 悠闲的草料
你对此念念有词 也多加小心
这逐渐承认的过程

四月 算不上什么归宿
桃花里追尾的捕雀者
冒着滚滚尘埃 品味沉睡的那瓶梅花酒 然后他们开始站着
啊 无数线条里破碎的呼喊

雨水逐渐冲刷着天空渐远
溜出了那个手足无措的我
随着某颗心 溜走
也偏离到宇宙的白日梦里

我瞥见某种溃败一闪而过

终于 这个时候 有人点燃了这个逐渐暗淡的世界
余光里的行人顿足
叹一叹
接两声咳嗽再来人间

去痛的去渐行渐远
听

轴

我只为你写过一首诗
于南国的一个冬天

那一天等你　不在
然后我等你　不在
之后我等你　不在
最后我等你　不在
于是我换一个季节
等你　不在
我又去等你　不在
我坚持等你　不在
我仍在等你　不在
所以我换一个方向
等你　不在
等你　不在
我选择再换一个季节　一个方向
等你　不在
等你　不在

无题 (组诗)

1

莫惊 莫惊 嘘
我不会把你惊醒
像苹果或是刺猬的甘蔗
等雪花 轻 轻 呼
联想世界上熟睡的婴儿

柠檬里的微光
传遍世界的每一个拐角
和你打字的手
回旋的笑脸打湿了卖艺人的吉他
薄荷叶下的空气

捧着栀子花的小姑娘 光着双脚
痴迷船头的风铃 荔枝果
听 是草莓香味 微浪 残云
支离破碎的阳光带走一切关于后海的回忆
屋檐下的雏菊 盆栽
枕边的白猫 零食
都是寻常阡陌 飘
粉色泪花 少女心

生日快乐
冷不丁的寒战
迷醉了多少年华

请留我一盏茶的时间
让我遇见你·

2

顺着太阳的背影
远行
我猜想
有许多人
跨过同一条河流
为爱同一座山
看自己泪如雨下的年华　埋在泥里

昆曲　后花园
有多少爱情隔着一个日晕的距离
躺在炊烟上
醉了过去

爱上一个影子
想再看她抿嘴笑
地上的人便不再孤单
黑夜来临之前
水洼　拥抱了天空

境界　如此轻松
和一只水鸟谈谈心

3

换一个街道
看她黑色的背影
和窗台上的蜜蜂
读书 醇厚 发紫的夜晚

我写过一本书
为遇见善良
这天气还不算冷
想象不出
眼镜上的头发
暧昧 细丝 抚

隐隐约约的承诺
收藏了全天下的温度
遇见 雪白的开端
迷了路

此刻 专注
把自己当作诱饵
等时间来访

这人间正在发生的霓虹
和胶州网上正在起身的季节
都是还得个阶再近的距离

如你无地十里无风

4

昨天　夜　晨钟
守护了千年的蝉鸣
等待雨滴飘逝
墨汁干涸　泼洒秋枫　往事已是往事了

这多像是白发
简单的方式　　只是变老
我想　固执地等就能瞥见春风
融化　发霉　残局

时间的篝火
在这石阶的苔藓上
某个赤足少女
与某个角落的桃花一起
冷
看蝴蝶飞过
都是漂亮话　飘飘然

无意义的风
是往事留下的惆怅

5

自五月起 是一个天使
行走的 关于小巷的幸福
在这仿佛和当初的门前
没有另一个 在酷暑里 依偎那些月光
像 安 静

始终在日历上消费不掉的一个下午
也无须记得那么多 我问
是以往的阳光那么长
还是笔墨的夏天那么久
秋分 或者更早 也许 都是原因

所以人们找到了少许的夜空 少许的蒲公英
少许的水晶眼镜 少许的信仰 组成一个昨夜

事情就是这样
我们把昨夜称作夜的一部分
可昨夜没有风
昨夜没有黑暗
昨夜有那么多人昂首
昨夜有那么多双眼睛
但昨夜没有语言

在这夜与夜的时间之中的你
就如大雪还乡
倾城亦倾国

6

如果我们把某些时刻滞留在风沙里
会看见有种红晕 就与身后的你一样
不可触碰 就像一根很细的线
失去了表情

跫音 跫音 一起来吧
参与到这里来
无法抵达的终点 仿佛命中注定
却越来越近
我们是春天的故事里留下的木偶

我们向青花交出某些夜晚
分开彼此的海岸 我依旧看得清那些羊蹄 左手的轮廓
以及头顶的幽香 空旷的渡河
仿佛命中注定 我们的海岸有不同的雨

那日 我忆起你
牵着某些清晨
追寻天边 四月的魂

江南的月太过委婉
带不来我对你的思念

7

我看见某个人在体面的石阶上打滑
可这次他想通往的 却是牛群身后开始燃烧的山峰
 (这只是一次简单的报警)
 (如果我消失不见 我会在来生迎接他的)
他会从小径旁醒来吧
这可不是我轻薄的调侃——现在他在和千万块玻璃招手

于是我回来 开始睁开眼睛
因为那些时间需要的是你
是你与噪音里前进的手指
我等你的暴雪停止闪烁
遇见那些词语里的注释和警觉
 (我也没有夸大其词 我只是想帮你偷走一些山脉)

借你做梦 梦在纸上突然回头看我
我偷偷地把时间导向昨天与今天
 (或是农夫与报童)
这里差的 可不只是帽子
和袖口的长度

还有三个你

8

永远有多远 如果蔷薇只代表寂寞
那就留一滴 相识的沉默
破旧的大门 走错了方向
给美一个姿态 或坐 或站

别开生面也是岁月的一首歌

另一条街上的人仰望
许这个冬天和昨天的思想留给你
夜 从一颗星星的飘落开始
再换作另一个表情
仿佛不能说的身姿 仿佛就是某个场景 被一束光所占用

我把校园的一角看成早晨
对于栀子花 从梦里
小女孩光着脚丫
到梦外 有一个春天的期待
所以我想起你 每一次烟火
每一次落雪 每一次梦境的角落
都会是重逢

自无意间的夜曲开始
如诗歌般的翅膀
从未走远

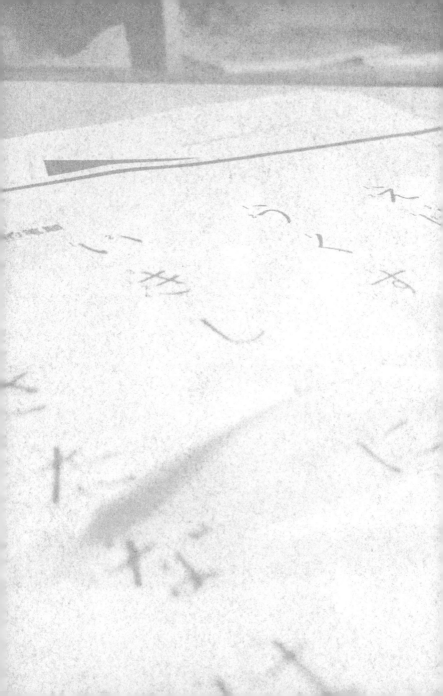

9

我们不断地从发丝里辨认
在山腰上奔跑的人
我们拥抱过的地方 沉默的笑声
这是写给你的
东南西北 东西南北

浪漫的日子 在初冬上舞蹈
一片一片活着 又一次一次远走
十六岁的眼睛 脱胎换骨
新世纪 边城
别忘了 曾经学习过双手
捧着脸庞

振动 气球里的微光 发芽
看秒表折断 从这间跳到那间
该是叠叠的火花了吧
该是门外有窗
碎玻璃搀扶的墙

孩子 孩子
为什么是跳跃的鸽子
树枝上的树叶也看不见的客人
归来

特别的你

五月 · 单纯者

最初的叶子 飘逝
等待雨水与萤火
纤细的野草
远处寄来的幸福
夕阳
落
落

脸颊上遗留的青春
欣赏同一首歌
街衢 烟囱 白猫
晨风里的乡梦
随着黄昏 挥手

走过一个季节
抚摸隐隐约约的寂静
耳语着怜悯 新生
悄然 开花

单纯者
请把温柔的泪水
留给下一个春天

解 剖

偶尔寻觅历史长河中的那辆发霉的自行车
它在今时的监狱里
和几条燕尾鱼坐在一起
看看烟花里的人

我把那些风筝似的失眠还给枕头
在烂醉如泥的时候 翻新乐谱
让潮水褪去琴键的颜色 变得抽象
再来赌博 你能否用刀火 将我燃烧殆尽 归结为艺术的
珍品 放置于 啊
不过是长廊里与肉体相遇的影子

终于 那些将我洗干净的人开始看向我 是另一种本能
记录我 炫耀我

逐渐 我在另一个地方上浮
留些脚印 发些牢骚
像在追悼某个仪式

莫奈对话史

初入莫奈的时间
也许会寻找到
某个当年
是为了寻找的真相
以至于后来 我也不敢了
去年春天 怀有怎样的心情

初入莫奈的时间
涟漪里会有一堵墙
我们偶尔望向背面 窥伺一个人家
跑遍了整条街 寻找我们不曾见过的榜样
去年亲手绘制的一座岛 怀有怎样的心情

初入莫奈的时间
故意放纵 吸入可疑的兴奋
我们焚烧了质疑
我们不由自主对话其他观众
寻找自己的偏好
去年的一个哑巴 怀有怎样的心情

关于那场雨毁掉的终点
不是为谁
却有一丝浅笑

这人间正在发生的霓虹
和宿州网上正在转身的季节
都是近得不能再近的距离

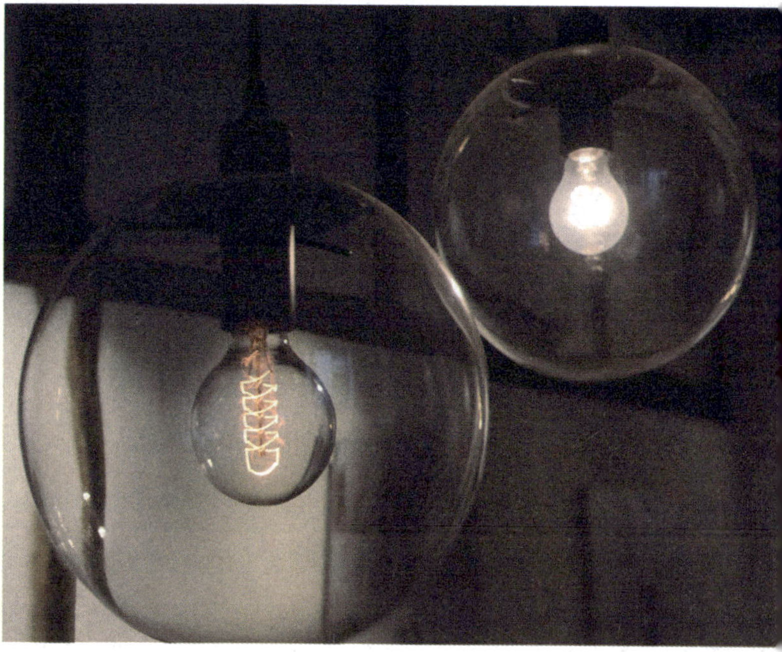

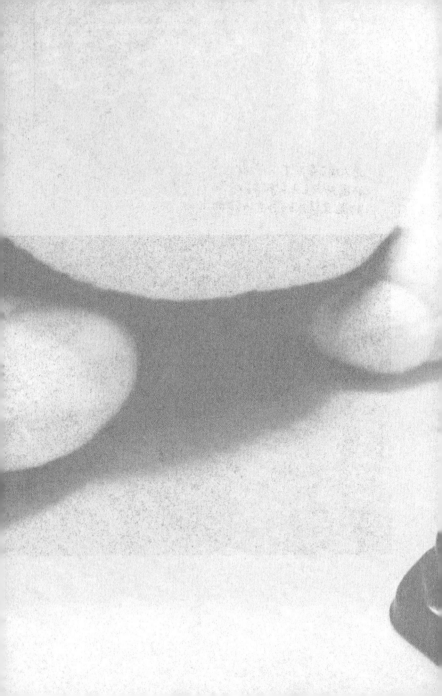

愿你在这个手臂能摸得到的城市里
可以等一束花的消融

冷咖啡遗梦（组诗）

2017.12.23—2018.2.25

1

沿着陌生的边境 几步之外
和满目疮痍的自己在午后遇见
水面触摸着耳边的海
揭露了无从考证的狼群
和主人被风吹乱了的衣角

我们并不知道
他已经去过那些地方
见过那些人

然后便是再也转不回去的方言
扑通扑通的炕梢 纸筒里的点心
我们听说了她身后的甜品店
却忘记了姓氏 敌人 和推土机

雪地里黑棕色的月亮

又是沦丧的声音
还有多少个天空缓慢地飞
雄性激素的盗贼
疯女人的婚誓
那带走的
都留给来生去追忆

2

寻找一个属于等待的时间
与你促膝长谈
石板上的面纱
袒露着将军、司令、恐惧和怜悯心

熔化的砍柴人和布满银花的草丛
你听闻了关于樱花的故事
才可以选择自杀 哀求不幸的时间
还有马群多余的情感 不该来到人间

渐渐苏醒
再要一片花瓣 折成几瓣
就有了几次轮回

嗯

我懂 我懂 我懂呢
不言语 带着马群去谈情说爱
而我 选择代你成为守陵的孤儿

3

我们没有分别 也曾拿它来写诗
趁着古老的城门刚刚入梦
阴云也来不及躲藏 摘下来
留给我们做一张白纸
燃烧夜与梦境的咒语

野猫的蓝色深瞳 拖拽着自己的梦乡
陪我想念情人 想念战场 想念某一个时间之后

稍暗的月光深处等了许久 便没了路
无人经过的十字路口 变成了心
那个给我三天光明的女孩
是幻听还是那么真实

也许只是我欲言又止
也许只是野猫顺便带走了我的梦乡

这该是哪一年了
有想你的夜
才有更多的夜可以珍藏

我在前海,慢慢,慢慢 等你的惠音

所谓风雨
并非我值得娇护的化身

4

小巷里野性的咖啡
让我们都成了风景与背影

我回头看了看这个世界
顺便讲两句牢骚

六月·末班车

时间会过去的
这是那些檀香木上的柔波说的
我留恋 可我却在划动流年的桨
刮过六月的雨水
某人抱怨白昼太长 于盛夏

徽州人捧着两条生锈的铁链
说是寻觅仙踪 琴音
要有人失眠 在黑暗中聆听
细数那些
珊瑚 枣园 紫苏

清露模糊了窗
某人轻叹 手掌上的黄昏
代表了黑夜与传奇的吻
火车试图转弯了
某人摇晃的水浇开我梦里的花瓣
等吧 最初的生长

某人 某地 某时
古人说的星辰都不准
哪里有什么轮回

踩着夜与叶之间的余光
脚掌的轮廓 飘飘
别急 下一站 回头
等你 一起 漫步

我们不经意间 就擦肩而过
留给影子 去依依不舍

文风·枕边书

在离弦的眼眸中取一片岁月
拼凑一个永生笔墨里的
那些值得眺望的方向
或是与我有旧情的鬼魂
趁雨水扑灭的朝代还未化作残卷

最北端的夏雨走得最早
意境里听潮的旅人 盗走了最后一条柳树枝
逃到乾宁五年
与我在晚唐的荷花上饮茶
倚百年风声
对弈一个时代的苦衷
（回望前朝 前朝望不尽）

紫衣 涟漪 山谷尾随的脚印
惊动了多少意中人的羽毛
睡熟了的鸟道 还是 醉梦里泛红的星光
玫瑰色的喘息
打乱了茶碗里追逐的寒饮

灯火照亮石桥上的夜雨
走过的路客 来来去去的伞花
令寂寞显得渺小
旅人轻叹 这条流浪路上的幽冥 不知危险
看透了棋子 我们才不是行人

冷茶上没有执着的云雾
（可牧童亦望不清酒家的方向 望不尽春雨下的杏花）

旅人于是和故国的清明一起 呼吸东方的月光

最后一次落子
然后他便离去了
旅人的酒囊指向清晨
和那多情的年岁一样
青衫不湿
烟波江上
问问离愁
问问相思的态度

饮者醉
梨花泛滥的那一夜
你在与谁交谈

辣 咖 喱

趁仍在思念 转动了代表硬币的扑克牌
是否在一刹那 我答应了
异国的鼻音 在错开的时间
那是枕边的谁
一场夜雨 替你敲开记忆的门

这是一个好的故事
地图的两端 陌生的吻
听不见的掌声
紫色烟花 长发 束紧的纱丽
纯蓝耳钉
新生的世界 庙里的残渣
只是瞬间 片刻
我刚从故乡归来 废墟掩埋了信纸

触摸不到的肉身
我在北方看着你熟睡
时间沉默了言语
我手指中央那个发光的气球 和我四周
沾满了手印
隐匿了不是回家的路

十二月
牵着粉尘里的手印
想着十四公里外的冰淇淋

那晚
街道上最长的影子

灰蒙蒙　像最短的风景

长眉毛　辣咖喱
听不懂中文

海湾上的蓝色油灯
今夜
我们与4374公里

七月 · 霓虹灯

画一朵花 留痕
等小虫变得温顺
那些经度纬度重新排列
我们留在京都
人世恍惚几世 我们真的可以不知道
时间的色彩 还是时间的远方

爱是逐渐缩小的过程
寂静 冲动 柔美的相遇
仿佛只是一个瞬间 就忘记了时间的色彩
痴迷于我们时间的远方

蓝色的玻璃瓶 月光珊瑚
怀抱花朵 夜灯
沿着街道 再添一笔 你所说的果核
晚风吹过那些飘垂的长发
我看不清那些头饰上的文字了
捧着柠檬树
你是我时间里的色彩
我们去时间的远方
一起
复苏

悬风铃
我在梦里望着繁星

翡翠时光里的等待（组诗）

2017.12.11—2017.12.22

1

假如给我一个理由
回村子
蹒跚在雨后生锈的铁轨上
问候红色书籍旁的白花
火车上的乘客回头看我
而我望向末节车厢
像是看见了上辈子的情人

折断的眼镜 空伞架
眯缝着眼 雨里的灰尘
纯净 我知道它们不会将我淹没
饮一口水 苦
呼
我在哈气里寻你 湿漉漉的裤腿

土味 发凉的白饭
还有水井上的空桶
腰上别着鸳鸯的老妇
和晃动的彩裙
炊烟里
挨打的孩子
只顾玩乐
去偷邻居家的砖瓦

早安 表妹
我忘了带大块的姜糖
我在梦里望着繁星

2

沿着艾蒿的方向 往西
去见那个喜欢与食指对话的男孩
窥视我眼镜上的长线
让我叫他少先队员
说你好

我们停车 云烟氤氲
温柔乡里的蚂蚱断了腿
撕裂着蛇皮
躺在上面 发笑

爱上石头里的木屋
竹林里的米酒看不见归途
听
蜷缩着的漂流瓶
"随我去看这世界吧"
男孩起身
发咸的不是雨露
那年秋天也不是故乡

草木皆静
柳絮来香
我坐在田间地头
望向车轮下出逃的公路

3

嘿　无心人
我已化为星光的一隅
便又来打搅你岁月里的无言
对坐　用鼻息去讲述彼此的故事

昨夜的自己
薄被之下
对着窗外的铁网　饮茶
你窥视着十六号柜子
噪上牙床
巧克力的甜味　麻雀叫
桃花下写板书的少女　腮红

这是李官的第二次婚姻
陈年老醋　酿酒
发土的红色　墙下老迈的白灰
与新郎僵硬的嘴唇
守夜人不会吹喇叭

被风打湿的烛台
彼此的心像松软的黑土
稻草里的心不会说话
血腥味的喜酒
洒在我带走的明信片上

此刻　你坐在谁的身旁　想起了谁
你坐在谁的身旁　忘记了谁
柳树下的黄昏
名字叫时光

4

总有一些坚强会永远不在
总有一些热情会逐渐变冷
哀嚎的狼群
饮醉了的野马
你在跳舞
照亮了墙上的砖瓦

曾许下的诺言
岁月的苔藓
和隐藏在暗夜里的女孩
埋葬在雷雨洗刷下的孤城

门槛外
发紫的玻璃瓶走进花园
砍下半轮月光
泡在水中 睡了过去
如此安静 简单
眼里消失的蓝火
忘记了谁才是情人
谁应是少年

嘿 那天
你我在桥上抬头看
牧童裸露的脚趾
和羊群一起 飘向天涯

夜半犬吠
淋湿了寂静的门

I miss you so much

2018.09.30

5

在山水画之外
我是忏悔后的攀登者
我们未曾谋面
赤足时踏过的山雨
没有风满楼
忘记了去年天气
浪花里那熟悉的耳蜗

老照片 进入了永恒的黑暗
和你灿烂的微笑
烤红薯 三滴眼泪一个
错过了火车
陪我一起写诗 做梦

山顶的乳尖
胸口的冷酒 烧土豆
去看哈萨克族的天幕
混在熟饭上的白烟
回家吃饭
仰望 在我永远去不了的世界里
叶芳之风 憔悴了这鹊 讲不尽的谜

屯子外的野草地上没有斜阳
竹林里的孤儿找不到家

我破碎的羽毛化作点点星光
给成守护你的整个星河

58街偏南

咖喱味的小巷
旧德里的热茶里漂着姜
58街没有路灯　窗外没有月亮
时间从不打烊

合上书卷
闭眼　去吻白纸片下的嘴唇
黑夜因此变得明亮　温暖
融化了所有凝结成冰的眼泪　语言
和落魄了的野鬼

陈年往事　哪里是故乡

尽一生也走不出的小路
盼一世却辨不出的脚步
想象中
谁会回头　拥抱我
吞吞吐吐　在我脸上雕刻历史
散沫花
记录了
皮囊上新生的冻疮
灵魂却冷静得发烫

她徘徊着　不停下
擦肩而过的瞬间
烟火灿烂
遗留下遍地砖瓦

和我昨夜的尸体

布克
晚安 好梦

Snigdha

时光遗画 也许曾在远方
喵风 我曾见过灯塔下的双眼
蜜饯 和雪花后的风铃一起 听潮
共舞 霞光下残破的雏菊 或者
嗒嗒的马蹄
昏黄 水雾中迷失的风景
昂箕于陌生人干枯的笔墨

是哪一刻 手心的红点
嘴唇上的创可贴
眼眸里的春秋 听
泪水也会说谎
于你
纯白色的感情 独成一个世界
你听见了这种静
鼻息吹动的乡梦

粉红的旋涡 淡蓝色的长袜
晚风拂 小姑娘温柔的发丝
异国他乡的鸟巢
随着夜雨
在岁月的苔藓上 悲怆

我希望像纯粹的光一样被感动
与这个时间 一起
搜索视线之外的风景

注: Snigdha为印度语，人名。

八月 · 暮雨声

问时间
重走一遍
我们相遇的路
水晶眼镜
木瓢 红豆 竹蓝
你的化身是时间之外的倒影

我随烟波走向你的梦境
水声汩汩
你躲在枕头下
和蓝莓说话
刻印了时间的藤萝
锁住了我对某个小姑娘不敢忘却的箴言与凤愿
某个黄昏在此刻 开始发芽

苇风 吹过荒凉
太阳直射不到的地方
我在某个雪山上遗忘
这迷途的天涯
粉色云彩外的风景
带走了所有的爱 叹息

啊

这文风
莫思量 随雨
落在地上

琥 珀

夜晚是脆弱的话题
空寂会把悔恨变成往事
烙印下浅浅的笑脸
深深的眸　隐藏了泪水
化成眼前的一片海
人们抛售着视域里的是非
准备矢石到未来

小雪不是雪
只能留下一串黑烟
无辜的细风里
一只麻雀飞过
提示晚秋的枯黄

纯白的思绪消融
孤独猎人　迟暮的寒战
听屋顶漏雨的声音
托起脸庞　墙上的影子像一滴水
如银杏般的气息

我亲爱的你在哪儿
太阳落下又升起
挥手的长裙又回首
沉默的港口下
明晚的声音　会是谁

我也不必担心　忧虑
平行时间里的爱情会回到原点

河中央的桥上
你看你的月亮
我看你的刘海

孤独猎人
请拥抱这黄昏下温柔的稻草吧
像一只新生的水鸟

沈河区奉天街210号拐角

忘记了是哪一天
模糊的八月　田字窗
对视　不再忧郁的眼
歪着脑袋
不记得名字　我是谁

忘记了是哪一天
嘴唇的萌动
在懵懂的时节
语言　留恋　流年
满是爱的心头
飘落在肩头
想象之中

忘记了是哪一天
萤火虫之花
随行的泡影　幽深
寻找你梦境的入口
念念不忘

等生活变轻
便把爱情裁成风筝
看多少秋夜
牵动了念你的无眠

九月·屏风颂

云静风息
借叹息的速度
偷偷地 轻轻地
抚摸她沉睡的影子
漫长的白昼 野火

纯真年代
几多风絮 留恋 孤城
这本是清冷 暑涝
新娘淋湿了眉
落魄 幽梦 雨镜
苇花伞回家

江南瘦弱 隐隐
看云鬓枯萎 流泪
反反复复的时针 醉
屏风之外
醇香却难眠 秋夜
遂忆起
回音似的秋乡

眉头微皱

回忆成风
随梦而归
请你 别关灯

和你一起聆听
海湾的钟声
和世界的心跳

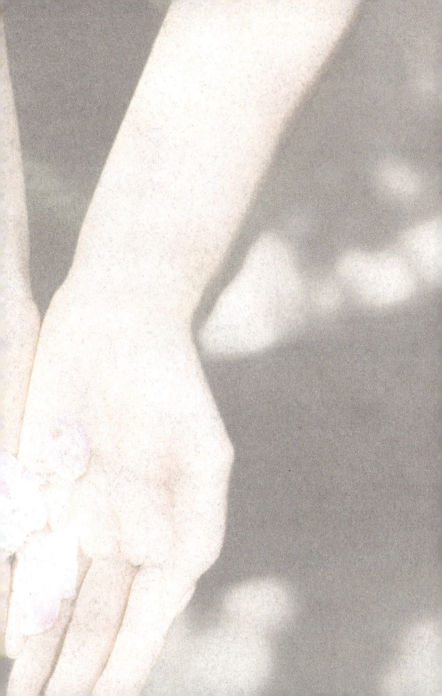

守 候

开热风 寂静的房间
褐色的影子
衔起脸庞 墙皮
冰封的桥
埋葬了一个仪式

滴血的钉子户
要拿什么勇气
才能活成一个时代
随繁星 寻父 寻母
抱紧我吧 颤抖的身子

失明的夜 吊椅与茫然
又冷落了多少次死亡
等坟墓开花
山已睡 天已老

但愿今夜没有事情发生

五朵玫瑰

语言构造灵魂
勾引焰火
燃烧 升华

雨水发酸
催泪 苦涩
像雪渗入骨头
无法形容

何时何事需要沉淀
压缩成一首诗

酒 吧

摇滚乐送不走的传说
被吉他手抬高了标价
可乐杯用于遮住皱纹
给思绪闲散的空间
帽子里倒出来啤酒
让制服沾上裂痕
老板用眼神锁定门闩
定时炸弹开始引爆夜晚
指甲缝记载了点餐的时刻
直到壁虎爬上顾客的鼻尖
调酒师才看得见颜色的分类
聚光灯准备演奏破碎
歌唱家那双无知的手
触碰了黄昏的底线

兰德尔红灯

随着风景的摆动思索
谁在聆听颤抖的情歌
此刻 万里外陌生的女子
会和我有什么关系
却在失声地喊她

一辆货车驶过
带走纯洁的皮肤
超脱
那双绿色的瞳孔上
划分了爱或生命的界限

藏在影子中
是灵魂 是枷锁
存活于幸福的隐痛
但愿红灯只属于我
在紧张与安稳下度过一生

纽约零下十七摄氏度

透过爱琴文明的瞳孔搜寻
另一扇窗外的风景
空守城池的孤独
曼妙的曲线品尝同一场暴雨

月光对面
没有失恋的醉汉
遛狗男人叼着雪茄
满街草莓香味

爱情是地球极细微的一部分
寄生在我们心里
不留缝隙

离别的气息不受禁锢
甜蜜的忧愁哇
我已逃离了马恩岛的天空
却逐渐接近这片净土

十月 · 扫墨香

躺在昏沉的烛光下
期待寒冬
徘徊的路标会将我送往何处
留一个微笑　摇晃　秋黄
想象的目光比树叶要渺小

翻开陌生人的笔记
我是饮酒和唱歌的人
在大千世界里　搜寻　流浪
回首　鸟鸣声　渐远　渐近
徘徊　秋思　听雨
瞳仁里不见的蝉声

镜中的檀香照亮亡佚的雪山夜歌
浑浊的时候　总忆起　被冷落的长调
是我不知危险
长安破碎的河岸与孤鸢
都只能发生在你入睡之后

随画　玲珑之梦
繁花　月季　匙叶
粉色余晖　一切的回忆
都是天各一方的星辰
被世界隔开的孤儿　我亲爱的
蹑手蹑脚
去挽你的影子
牵着灯笼　远行
藏在衣袖里　偷笑

我亲爱的
想象之中
你是青古 永远写不尽的长诗

初 恋

我不该
教你化刺眼的妆
清秀 感觉受伤
推开 原来的位置
雕刻 来不及温存
青春

时间永远是经过
再续上一杯 解脱
我 我

爱情像花蕊被埋葬
挫折的下一行 流浪
自尊 吻 暗示不同的模样
沧桑

颓废表象 脸上
坍塌的韵脚 那一晚 雾 雾
被钉在教堂的南方
皎洁的离别
怎么写 都是泪
成行

让我遇见你

木 乃 伊

温柔的回忆 唤醒
沉与浮的边界
那些眼睛
凹陷的瞳孔 伴有惊悚
疲倦 恐怖

奇异的线条
肉体难辨 阴阳 舞台
穿越泪水 枯黄
走入另一个房子

守夜 带着扫帚的人
来解开这布带吧
满是泥土 玻璃窗

肋骨柔软 开着花
绳 折断了脖子
生锈铁网外的夕阳
我在哪

十一月·乡间语

这是我应有的故居
薄冰下发光的海岸线
无知的烟斗 萝卜干 和冗长的话题
废弃修车厂 有女人在铁钉上唱歌
呼唤我的乳名
打湿了耳蜗 大声喊叫着梦话

野花下的树枝瞬间老去
徘徊着 留恋最后的空气
苦酒里融化了三只海鸟的故事

把雪花埋在嗓子间
冬天记不住什么了
所以眺望着夏天
白桦树下的庇护所
呼吸 是蟋蟀的耳语
啄木鸟放弃的老树上没有橘子
冷酷的尘埃不再
打理远帆里的风景

左肩 右肩
出售爱情的货郎为我放羊
摇三下铃 叫不住他狂奔的狼狗
我决意从衣兜里掏出几块冰
幻想背后的枪声 雨声

衣服扇子飞到公路上

像是注定要燃烧赶路的黄昏
没有准时吐出的白烟
和叫我点火的老头
我相信自己走错了路
天空那么低
想去云朵里拾荒
便没有更多的这么那么

远山的遭遇是谁的曾经
消失了也罢
就当一切皆好
晚安

十二月·钟子期

有多草率 才会选择流放
在翅膀上插一朵梅花
吹动睫毛 这是我的手
在烟火灿烂中
见过芳香的音乐
听清了生锈的箭伤 那些照片
和被爱过的陌生人

是谁的米香 带我跨过这山歌
在一条路上 幻想新客 装聋作哑
像喝醉了的蓝色多瑙河
站在操场中央 拥抱幻觉
看寻人启事上清醒的模样

有一个叫汤明桥的人
和枯萎的记忆同居
如我所愿
他讲完了最后一个故事
按住笔墨 熄灭了烟花中的故土

寒冬与寒蝉的伤口于此愈合
然后竟下起了雨 然后逝去

感谢你 送我去这个世界

伯牙善鼓琴
钟子期善听
伯牙绝弦
追上了我的时间

童 话

城里人说他们每年都将自己的身份降低
统一变成旅人

割麦子的老家伙喜欢听火车的回声 听见曙影
听见城市里的童话在深夜里过分安静地敲打
如果时间是世间的信使
黄泥屋子里和童话对视的秋道
会是哪张纸上收集来的盐水

今天太阳很温和

牛鼻子上的拉环储存了黑夜的笛声
敲响的铜锣 生锈的喇叭
等一个遥远的童话归来
等一次统一的奏响
那时候的天空就会多些笔墨
地面上多些秋黄
这是割麦子的家伙期待的
他会在田里指挥公牛 顺便和他讲讲时间
"快要收麦了"
"快要入冬了"
可童话不知还有多少个寂静需要演奏

太阳还很温和

茅草屋里的自行车没上锁
割麦子的家伙带着米酒和灯丝出逃了

逃往童话的城市
和目录上的尘埃讲讲鸡毛蒜皮的小事
他可能不会知道
有人看见某个老者在邮箱旁喘气

太阳还很温和

抚摸着我最得意的桃花树
门外又是犬吠
把童话叫成彩虹

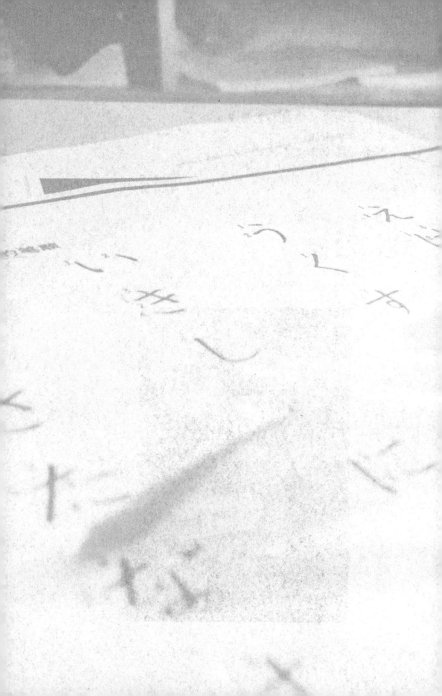

文 先 生

我用胡萝卜、甜椒、葡萄干来喂文先生
每天如此 因为它爱吃这些
还是我选择给它这些
或者它选择索取这些

可它分明没有选择 或者不想选择
但我分明有选择 可我不能选择

2018

偏偏是我偏执的这座城市
废除了所有以时间的名义
去争执的光阴 和身边发光的水迹
留下某个兽身 职业化地张牙舞爪
在每一个月光允许飘过的轮回
可人们还在向前

我把自己装在一个叫夜的麻袋里
想象那个踏实的季节
和混迹在人群中
可以被称作节日的某人
我回想回想 在那些无法临摹的陈述句里
"北城的暗夜呀 你应该把她写下来"

我一定想不到自己会攒这么多稿子
鼠兔什么的都想不到
对他们而言 数量没什么价值
他们期待身边飘着的草
和布袋里一层层叠着的水而已
他们和人们一样 还在向前

人们还在向前哪
台风登陆前那些年迈的水稻却走向我
和我回忆起那个唱歌的人
以及我们的静电
啊
时光这把软刀子在舔舐我的冰轮呢

冰雕着的伤口却开始愈合
布袋里深藏的夜晚逐渐出现在我的游魂里
把我放宽　为我苯拙地弹琴
我知道是因为你在　只是不在意那么多细节而已

我记得那个夜晚的结尾
你留给我那个燃烧过的废纸
我抓住其中那张逐渐扩散的文字攀爬
在那个陆地逐渐失真的夜晚
遇见你的背影